Analyse de l'œuvre

Par Jessica Wheeler

AF394055

La Case de l'oncle Tom

Harriet Beecher Stowe

lePetitLittéraire.fr

La Case de l'oncle Tom

Harriet Beecher Stowe

Rendez-vous sur lepetitlitteraire.fr et découvrez :

Plus de 1200 analyses
Claires et synthétiques
Téléchargeables en 30 secondes
À imprimer chez soi

HARRIET BEECHER STOWE

AUTRICE AMÉRICAINE

- **Née dans le Connecticut le 14 juin 1811.**
- **Décédée dans le Connecticut le 1er juillet 1896.**
- **Travaux notables :**
  - *La cour du ministre* (1859), roman
  - *Little Pussy Willow* (1870), roman
  - *Six de l'un par une demi-douzaine de l'autre* (1872), roman

Harriet Beecher Stowe est née dans une famille religieuse. Son père, Lyman Beecher, était un ministre presbytérien et sa mère était une femme pieuse, qui est malheureusement décédée alors que Stowe n'avait que cinq ans. Elle était l'un des 13 enfants, dont beaucoup sont devenus des réformateurs sociaux qui croyaient en l'abolition de l'esclavage, tout comme Stowe elle-même.

Bien qu'elle ait vécu à une époque où le monde universitaire était principalement le domaine des hommes de la classe supérieure, Stowe a reçu une éducation approfondie sous la direction de sa sœur aînée Catharine, qui a créé le Hartford Female Seminary en 1823. Stowe a ensuite enseigné dans cette école aux côtés de sa sœur.

En 1836, Harriet Beecher épouse Calvin Ellis Stowe, un auteur et professeur qui partage sa condamnation de l'esclavage. Elle a commencé à écrire son roman *La Case de l'oncle Tom* en 1850, qui a été publié sous forme de série en 1851 et 1852, puis sous forme de roman en mars 1852. Il s'agit de l'œuvre la plus connue de Stowe, mais elle a écrit de nombreuses autres pièces littéraires par la suite.

Harriet Beecher Stowe est morte en 1896, après une détérioration de sa santé qui a commencé peu après la mort de son mari en 1886.

LA CASE DE L'ONCLE TOM

RÉCIT D'UN ESCLAVE

- **Genre :** roman
- **Edition de référence :** Beecher Stowe, H. (1995) *La Case de l'oncle Tom.* Hertfordshire : Wordsworth Classics.
- **1ère édition :** 1852
- **Thèmes :** l'esclavage, la cruauté et l'humanité, la religion.

Stowe déclarait dans la préface de la première édition du roman que « L'objet de ces esquisses est d'éveiller la sympathie et le sentiment pour la race africaine, telle qu'elle existe parmi nous ; de montrer ses torts et ses peines sous un système si nécessairement cruel et injuste qu'il annule et supprime les bons effets de tout ce qui peut être tenté pour elle, par ses meilleurs amis, sous ce système ». (pp. xxxv-xxxvi). Cette déclaration fait référence à la loi sur les esclaves fugitifs adoptée en Amérique en 1850, qui s'appuyait sur la loi adoptée en 1793 permettant la chasse et la capture des esclaves fugitifs même dans les États libres d'Amérique (un certain nombre d'États du Nord qui avaient aboli l'esclavage), et la punition de quiconque tentait de les aider. La loi de 1850 a aggravé la punition pour l'aide apportée à un esclave en fuite en prévoyant une peine de prison.

On a supposé que l'adoption de cette loi en 1850, associée à la perte du jeune enfant de Stowe et aux nouvelles qui lui parvenaient par l'intermédiaire d'amis et de connaissances sur les souffrances tragiques des esclaves dans le Sud, l'a incitée à écrire *La Case de l'oncle Tom*.

Le livre a fait sensation, tant positivement que négativement. Les États du Nord comptant beaucoup plus d'abolitionnistes, le texte y fut surtout bien accueilli et servit à renforcer et à élargir le soutien à l'abolition de l'esclavage dans toute l'Amérique. En revanche, dans le Sud, les propriétaires d'esclaves et les partisans de l'esclavage étaient furieux de l'attention négative portée à la culture de l'esclavage et des tentatives de susciter la sympathie pour les esclaves.

RÉSUMÉ

Le roman semble se dérouler en même temps que trois phases de la vie de l'Oncle Tom qui correspondent à des changements de propriétaire. Ce résumé est donc divisé en sections correspondantes.

1.

L'histoire commence sur la propriété des Shelby, dans la maison de M. Shelby. Le premier chapitre présente au lecteur le personnage de Dan Haley, un marchand d'esclaves. M. Shelby a manifestement une dette envers Haley, et ce dernier fait valoir cet avantage en le persuadant de vendre son esclave et ouvrier agricole le plus fiable, Tom, et un beau jeune garçon nommé Harry, qui est le fils de la bonne de Mme Shelby, Eliza. Eliza apprend ce qui va se passer et s'enfuit avec son enfant dans la nuit, bien que la maison de Mme Shelby soit la sienne depuis son enfance et qu'elle y ait été extrêmement bien traitée. Lorsque Haley découvre qu'Eliza s'est enfuie avec l'enfant, dont il est maintenant en possession des papiers de propriété, il la poursuit. Eliza s'échappe de justesse dans l'Ohio et est aidée par un certain nombre de personnes bienveillantes tout au long des premiers chapitres du roman, jusqu'à ce qu'elle soit livrée à une colonie de Quakers, dont les habitants l'abritent et ont l'intention de l'aider à se rendre au Canada. Pendant ce temps, Tom quitte sa maison à la ferme des Shelby et commence à voyager avec le marchand d'esclaves Haley.

2.

Haley est sur un bateau qui se dirige vers le sud avec le groupe d'esclaves qu'il a rassemblé pour les vendre aux propriétaires de plantations, lorsqu'une jeune enfant angélique à bord du bateau s'éprend de l'oncle Tom et persuade son père de l'acheter. C'est le début de la deuxième phase de l'histoire de Tom. L'enfant s'appelle Evangeline, ou Eva en abrégé, et elle est décrite comme un ange sur terre. Elle est très croyante, gentille et aimante jusqu'au bout des ongles. C'est pour cette raison que Tom et elle font de si bons compagnons. Le père d'Eva, Augustin St Clare, est également un homme bon, qui adore et idolâtre sa jeune fille. St Clare est un gentil propriétaire pour Tom, et il a une bonne vie pendant qu'il est sous ses soins. Eva tombe malade et finit par mourir. Son père le prend mal, mais il décide finalement d'essayer de faire une différence sur terre à sa place, et il commence par prendre les premières mesures pour rendre sa liberté à Tom. Peu de temps après avoir pris cette décision, St Clare est mortellement blessé lorsqu'il tente de mettre fin à une bagarre et meurt avant d'avoir pu accorder à Tom son statut d'homme libre. Les biens de St Clare, y compris tous les esclaves, sont transférés à sa femme. Mme St Clare contraste avec son mari et sa fille tant par son caractère que par son point de vue sur l'esclavage. Par conséquent, tous les esclaves qu'elle ne décide pas de garder pour elle sont vendus aux enchères. Toujours dans cette phase du roman, Eliza retrouve son mari et ils tentent de rejoindre le Canada ensemble. Ils sont pourchassés et s'échappent de justesse, mais réussissent finalement à échapper à la vie d'esclavage qui les a tant tourmentés.

3.

Le dernier propriétaire de Tom l'achète aux enchères. Il est tout ce qu'un esclave redoute chez un maître : il est cruel et sans pitié, rejette toute religion et considère ses esclaves comme un simple moyen de générer du profit – une ressource qu'il doit exploiter au maximum avant de la jeter et de la remplacer. Tom se résigne à vivre sur la plantation de Simon Legree et se console en se disant qu'il a toujours sa religion. Legree considère la dévotion de Tom au christianisme et au Seigneur comme une entrave à son utilisation en tant qu'esclave soumis et conquérant. Il fait de la vie de Tom un enfer sur terre dans le but de l'amener à abandonner ses croyances, et il semble qu'il puisse y parvenir. Cependant, Tom s'élève au-dessus de sa souffrance et voue son âme au Seigneur. Ce faisant, il sert d'exemple aux autres esclaves de la plantation qui ont perdu la foi ou qui ne l'ont jamais eue en raison de leur vie difficile dans le Sud. Lorsque l'on pense que deux esclaves féminines se sont échappées de Legree, Tom est puni pour avoir eu connaissance de leurs plans et de leur localisation, mais pour avoir refusé de les abandonner. Les coups que Tom reçoit sont ce qui le tue dans les derniers chapitres du roman, mais avant qu'il ne rende son dernier souffle, le fils de son ancien maître, M. Shelby, arrive sur la plantation. Maître George Shelby a cherché à savoir où se trouvait son Tom bien-aimé, mais il arrive tragiquement au moment où celui-ci rend son dernier souffle et monte finalement au ciel. George enterre Tom et retourne chez lui, dans le Kentucky, tandis que Legree souffre de plus en plus des torts qu'il a commis, sous l'emprise de sa mauvaise conscience. À la fin du roman, George remet des papiers libres à chaque esclave de la ferme Shelby et leur dit qu'ils doivent remercier l'oncle Tom pour leur liberté.

ÉTUDE DE CARACTÈRE

ONCLE TOM

Tom est décrit par son premier propriétaire, M. Shelby, comme « un homme hors du commun » (p. 3), « stable, honnête, capable » et « un homme bon, stable, sensible et pieux » (p. 4). L'oncle Tom était un esclave de la famille Shelby depuis sa propre enfance, et servait M. Shelby depuis sa naissance. C'est pour cette raison que Tom fait preuve d'une loyauté et d'un dévouement inébranlable envers son maître, ce qui lui vaut sa confiance inconditionnelle et la liberté d'aller et venir à sa guise. Tom est un modèle pour le reste des esclaves de la ferme Shelby, et il suscite le respect et l'admiration de presque tous ceux qu'il rencontre dans l'histoire. La gentillesse de Tom envers les autres découle de ses croyances chrétiennes ferventes, qui le guident et le maintiennent fort à travers les épreuves et les souffrances qu'il traverse. Stowe elle-même l'appelle « le héros de notre histoire » (p. 21). Au chapitre 40 du roman, Tom est battu et torturé par Legree et ses surveillants pour avoir refusé d'abandonner les deux femmes esclaves qui se sont enfuies de la plantation. Ce chapitre s'intitule « Le martyr » et, grâce à la souffrance physique brutale de Tom et à la force inébranlable de sa foi jusqu'à la fin, il convertit même les surveillants brutaux à la religion et est comparé au Christ pour les âmes qu'il a sauvées par sa punition et sa mort aux mains du méchant Simon Legree.

EVA

Eva égale l'Oncle Tom en termes de religiosité dévote. Bien qu'elle ne soit qu'une petite enfant, elle croit de tout cœur aux paroles de la Bible. Eva est représentée comme un être angélique, et lorsqu'elle meurt si jeune, de nombreux personnages pensent que c'est parce qu'elle était trop bonne pour la terre et que Dieu l'a désignée pour être l'un de ses anges. Le peu de temps qu'elle a passé sur terre lui donne cependant l'occasion de laisser derrière elle un héritage de bonté et de changer la vie des nombreuses personnes qu'elle rencontre. Elle est la seule à pouvoir changer les mauvaises habitudes de la jeune esclave Topsy ; elle persuade son jeune cousin Henrique d'être plus gentil avec ses esclaves ; elle encourage son père à trouver la religion et à devenir un homme meilleur après sa mort ; et elle enseigne à sa cousine Ophélie, religieuse et morale, comment aimer réellement même les jeunes esclaves noirs comme Topsy, qu'elle ne pouvait s'empêcher de dégoûter malgré sa pitié pour eux.

AUGUSTINE ST CLARE

St Clare est le représentant d'un maître gentil dans le roman, mais il a des défauts dans sa nature douce, car dans un effort pour éviter la cruauté, il laisse ses esclaves adopter de mauvaises habitudes et abuser de sa bonne nature, mais ne fait rien pour assurer leur liberté réelle ou leur apprendre à l'utiliser (comme George Shelby à la fin du roman). St Clare vit pour sa fille Eva et essaie de lui plaire dans tout ce qu'il fait. Il est un penseur très philosophe et croit de tout cœur que l'esclavage est une erreur, car même les personnes à la peau plus foncée sont des êtres humains et méritent d'être traitées comme telles. Cependant, St Clare n'a ni le courage ni la conviction de faire quoi que ce soit pour mettre en pratique ses fortes convictions, jusqu'à ce que sa fille meure et qu'il réalise qu'à sa place, il a la capacité de faire changer les choses pour le bien des autres. Malheureusement, St Clare meurt soudainement avant d'avoir pu mettre en pratique sa décision, mais dans ses derniers instants, il trouve paix et réconfort dans les prières de l'oncle Tom.

LEGREE

Le personnage de Legree est en opposition directe avec Augustine St Clare, et sa représentation d'un propriétaire d'esclaves sudiste cruel et tyrannique est d'autant plus efficace qu'il prend possession de l'oncle Tom alors que celui-ci aurait dû jouir de la liberté que St Clare lui avait promise, mais qu'il n'a pu lui offrir en raison de sa mort prématurée. Legree se moque du christianisme fervent de Tom et affirme que cela ne lui servira à rien sur la plantation, car il y est le Dieu auquel tous les esclaves doivent répondre. Legree ne considère pas ses esclaves comme des êtres humains et ne voit donc pas la nécessité de leur fournir autre chose que ce qui leur permettra de rester en vie assez longtemps pour travailler de manière productive. Aucun esclave n'a réussi à défier le pouvoir de Legree avant l'arrivée de Tom sur la plantation. À la fin, Legree est très affecté par le fait qu'il n'a pas pu briser Tom et le détacher de sa loyauté et de sa dévotion envers le Seigneur afin d'amener son âme sous son propre contrôle. Le roman montre que les mauvaises habitudes de Legree le rattrapent vers la fin de l'histoire, car il souffre d'une conscience tourmentée et d'une peur des superstitions et du surnaturel.

ANALYSE

LES MÉFAITS DE L'ESCLAVAGE

Le thème central du roman de Stowe, et le but de sa composition, est l'illustration des maux de l'esclavage. L'histoire couvre tout l'éventail des souffrances ressenties par les esclaves, de la séparation des familles aux abus sexuels des jeunes et séduisantes femmes esclaves, en passant par les coups brutaux et les tortures subis en guise de punition. Une femme blanche, témoin du chagrin d'amour résultant de la vente d'une esclave et de l'enlèvement de son mari, déclare au chapitre 12 que « la partie la plus terrible de l'esclavage, à mon avis, est l'atteinte aux sentiments et aux affections – la séparation des familles, par exemple » (p. 115).

L'un des outrages de l'esclavage, tel qu'il est représenté dans le roman de Stowe, est le fait que la cruauté exercée sur les nombreux esclaves du roman est sanctionnée par la loi. Ce thème est fortement représenté dans *La Case de l'oncle Tom,* car l'adoption de la loi sur les esclaves fugitifs en 1850 a été la dernière incitation dont Stowe avait besoin pour écrire un texte qui traite de ses sentiments profonds sur le sujet de l'esclavage. À la fin du roman, après que George a trouvé son Tom bien-aimé sur son lit de mort à la suite des tortures que lui a infligées Legree, il menace de demander justice pour le meurtre de Tom, mais se rend compte, après que Legree ne s'est pas soucié de sa menace, qu'il n'y a aucune chance que cela se produise. George affirme que l'Amérique n'est pas son pays, car il n'est pas protégé par ses lois et il n'y a pas consenti ou n'a pas participé à leur élaboration. Il affirme que les lois américaines ne servent qu'à opprimer l'esclave et à le maintenir dans un état de soumission. Stowe déclare au lecteur, dans le premier chapitre du roman, que « tant que la loi considère tous ces êtres humains, aux cœurs battants et aux affections vivantes, uniquement comme autant de *choses* appartenant à un maître... tant qu'il est impossible de faire quoi que ce soit de beau ou de désirable dans l'administration la mieux réglementée de l'esclavage » (p. 10).

HUMANITÉ ET ÉGALITÉ

Tout au long du Roman de Stowe, il est clair que de nombreux propriétaires d'esclaves considèrent leurs esclaves comme de simples biens – n'ayant guère plus de valeur que des possessions matérielles et n'étant pas dotés de plus d'humanité que des animaux. Même les maîtres les plus gentils ne reconnaissent pas leurs esclaves comme des êtres humains comme eux, car ils ne tenteraient pas de posséder un autre être humain de la même couleur de peau. Quelle que soit la gentillesse avec laquelle ils traitent leurs esclaves, quelle que soit la mesure dans laquelle ils les traitent comme une famille et les éduquent comme s'ils étaient leur propre enfant, ils restent dans une position de propriété qu'ils peuvent choisir de modifier à tout moment. Les Shelby sont un exemple parfait de ce dernier type de maître.

Saint Clare est un autre type d'exemple. Il traite ses esclaves avec humanité, jusqu'à permettre à Adolph de porter ses vêtements, mais il maintient un statut de propriétaire sur ces esclaves au lieu de leur accorder le même niveau d'humanité que lui en leur donnant la liberté. En fin de compte, Saint Clare est responsable de la souffrance que subissent ses esclaves et l'a en fait aggravée en traitant ceux qu'il possède comme s'ils étaient libres tout en les maintenant dans un état de possession qui les laisse sans protection par les lois américaines. Lorsque St Clare meurt subitement, la propriété de ses esclaves est transférée. Stowe proclame au chapitre 31 que cette éventualité « est l'une des répartitions les plus amères d'un lot d'esclavage » (p. 312).

Le marchand d'esclaves Haley affirme que les descendants de la race africaine sont « élevés aussi facilement que n'importe quelle créature ; ils n'ont pas plus de problèmes que des chiots » (p. 119). Cependant, un conducteur d'attelage de l'hôtel de campagne où George arrive déguiser au chapitre 11 suggère que les esclaves ont été faits hommes par le Seigneur, tout comme n'importe quel homme blanc, et qu'il est difficile de les transformer en bêtes (p. 100). Ce qui ressort clairement de l'ensemble du texte de Stowe, c'est que l'esclavage prive la race à la peau foncée de son humanité et l'expose à un traitement qui, même dans le meilleur des cas, ressemble souvent à celui de meubles ou d'animaux domestiques. Les sentiments des esclaves ne sont pas seulement considérés comme acquis, mais la majorité d'entre eux pense qu'ils sont inexistants ou inférieurs à ceux de la « race maîtresse » blanche. Cette même hypothèse s'applique aux liens familiaux des esclaves :

lorsque Haley propose à M. Shelby de lui vendre le petit garçon d'Eliza afin de régler sa dette dans le tout premier chapitre du livre, il affirme qu'Eliza se remettra vite de la perte de son fils, car « Ces créatures ne sont pas comme les Blancs, vous savez ; elles se remettent des choses, elles se débrouillent bien » (p. 7). Marie St Clare soutient que sa servante « Mammy » ne peut pas ressentir la séparation de son mari et de ses enfants, car Marie ressentirait elle-même cette séparation. Cependant, George Harris fait part à sa femme Eliza de sa conviction contraire : il lui dit que « les gens qui ont des amis, des maisons, des terres, de l'argent, et toutes ces choses, *ne peuvent pas* aimer comme le font les [esclaves], qui n'ont rien d'autre que l'un l'autre » (p. 177).

Eva est sans doute le seul personnage du roman qui, grâce à son innocence d'enfant et à son amour religieux pour tous ceux qu'elle rencontre, voit l'esclave pour ce qu'il est vraiment – un humain comme elle – et le traité en conséquence.

LIBERTÉ ET INFÉRIORITÉ

Le roman soulève la question de savoir si les esclaves sont mieux sous la propriété d'un autre ou s'ils sauraient quoi faire de leur liberté. Les partisans de l'esclavage soutiennent l'idée que les esclaves africains appartiennent à une race inférieure et qu'ils doivent donc être sous la propriété et l'instruction d'un maître supérieur à la peau blanche. D'autres personnages du Roman représentent une ignorance des souffrances des esclaves et supposent que leur vie n'est pas si mauvaise et qu'ils ont de la chance d'être vêtus, logés et nourris par des maîtres. Ces points de vue ne sont pas l'apanage des propriétaires d'esclaves masculins sévères du roman : Mme St Clare est un personnage qui affirme la bassesse inhérente du nègre, le séparant de l'homme et de la femme blancs lorsqu'elle déclare « Ils sont une race dégradée » (p. 162). Ce sont de telles opinions qui amènent de nombreux personnages de l'histoire à croire qu'ils ont un droit naturel de posséder un autre être humain parce que sa peau est plus foncée.

George Harris, le mari d'Eliza, a des opinions très tranchées sur la condition de son propriétaire et son droit à la liberté, et il les exprime clairement et avec raffinement tout au long du roman. C'est par l'intermédiaire de George que des questions directes sont posées, telles que "Who made this man my master" ? (P. 17), « quel droit a-t-il sur moi ? » (p. 16), et « quel pays ai-je, sinon la tombe ? ». (p. 103). George affirme qu'il est autant un homme qu'un autre, et en fait un meilleur homme que son maître car il ne domine pas cruellement les autres. George n'attend pas que sa liberté lui soit accordée par celui qui le possède ou par le pays qui fait les lois qui l'oppriment ; il se déclare un homme libre et jure de se battre pour avoir le droit de quitter l'Amérique et de vivre dans un pays qui reconnaît sa liberté.

Il y a un deuxième personnage dans le roman du nom de George – le jeune maître Shelby, et il est également associé à la liberté de l'esclave dans l'histoire de Stowe. George Shelby est celui qui part finalement à la recherche de l'oncle Tom et le rachète à Legree, le libérant ainsi d'une dure vie de misère. Lorsqu'il échoue dans cette entreprise, George jure sur la tombe de Tom qu'il fera tout ce qu'un seul homme peut faire pour débarrasser son pays de la « malédiction de l'esclavage » (p. 390). Il tient parole et, à son retour à la ferme des Shelby, il remet des papiers gratuits à tous ses esclaves et promet de les éduquer sur la meilleure façon de vivre leur vie d'hommes et de femmes libres. Ainsi, c'est George Shelby qui réalise finalement le rêve de la jeune Eva de libérer les esclaves et de les éduquer afin qu'ils puissent avoir la possibilité de tirer le meilleur parti de leur liberté et de leur vie, tout comme leurs homologues blancs ont le droit de le faire.

POURSUITE DE LA RÉFLEXION

QUELQUES QUESTIONS À MÉDITER...

- Pensez-vous que le message du roman de Stowe est toujours aussi pertinent aujourd'hui, même si l'esclavage a été aboli ? Expliquez votre réponse.
- Commentez la technique narrative de Stowe qui consiste à s'adresser directement au lecteur. Quel effet cela a-t-il sur l'expérience du lecteur et sur la transmission du message de son roman ?
- Le roman s'intitule *La Case de l'oncle Tom,* bien que très peu de l'histoire se déroule dans ou autour de la cabane elle-même. Compte tenu de ce fait, pourquoi pensez-vous que l'auteur a choisi ce titre ? La cabane revêt-elle une autre signification ou un autre symbolisme à la fin du roman ?
- Pensez-vous que Stowe donne une image authentique et bien formée de l'expérience de l'esclavage, tant pour les esclaves que pour les propriétaires d'esclaves ? Pourquoi/pourquoi pas ?
- Êtes-vous d'accord pour dire que l'oncle Tom est le héros de cette histoire ? Si oui, pensez-vous qu'il est le seul héros ?
- Y a-t-il un méchant dans ce roman ? Si oui, qui est-il ?
- À plus d'une occasion, Stowe s'adresse directement à son lecteur. À votre avis, à qui Stowe envisageait-elle de s'adresser en tant que lectrice ? Pensez-vous qu'elle

avait un public cible spécifique en tête lorsqu'elle a écrit le roman ?

- Discutez de la représentation de la maternité chez Stowe en considérant une mère du roman qui est une esclave et une autre qui ne l'est pas.

AUTRES LECTURES

ÉDITION DE RÉFÉRENCE

- Beecher Stowe, H. (1995) *Uncle Tom's Cabin*. Hertfordshire : Wordsworth Classics.

ADAPTATIONS

- Au début des années 1900, de nombreuses adaptations cinématographiques muettes du livre ont été réalisées. Elles varient dans leur fidélité au texte et aucune n'a été autorisée à être produite par Stowe elle-même.
- *Uncle Tom's Cabin.* (1987) [Film]. Stan Lathan. Réalisateur. États-Unis : Showtime Networks. (Il s'agit d'une version télévisuelle du livre).

Votre avis nous intéresse !
Laissez un commentaire sur le site de votre librairie en ligne
et partagez vos coups de cœur sur les réseaux sociaux !

lePetitLittéraire.fr

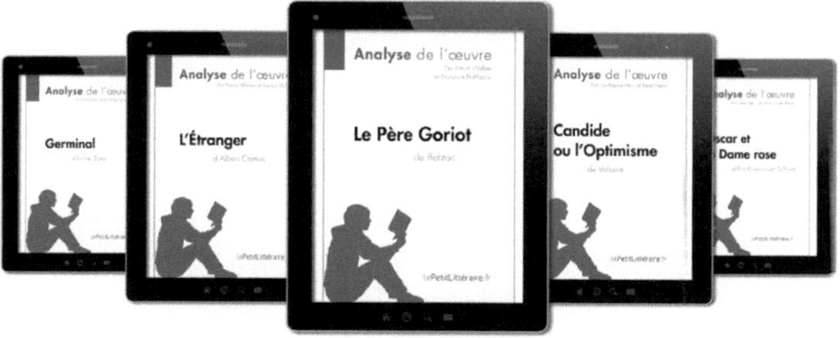

- des analyses de livres
- des fiches de lectures
- des commentaires littéraires
- des questionnaires de lecture
- des résumés

**Retrouvez
notre offre complète sur
lePetitLittéraire.fr**

L'éditeur veille à la fiabilité des informations publiées,
 lesquelles ne pourraient toutefois engager sa responsabilité.

www.lepetitlitteraire.fr

ISBN version numérique : 9782808684637
ISBN version papier : 9782808685436
Dépôt légal : D/2023/12603/1043

Conception numérique : Primento,
le partenaire numérique des éditeurs.